달빛 여행

달빛여행

초판 1쇄 발행 2023년 8월 1일

지은이 임영희 · 발행인 권선복
캘리그라피 이형구 (한국손글씨디자인 연구회장, 국제손글씨pop 협회장,
이형구캘리그라피 대표)
디자인 김소영 · 전자책 서보미 · 마케팅 권보송
발행처 도서출판 행복에너지 · 출판등록 제315-2011-000035호
주소 (157-010) 서울특별시 강서구 화곡로 232
전화 0505-613-6133 · 팩스 0303-0799-1560
홈페이지 www.happybook.or.kr · 이메일 ksbdata@daum.net

값 17,000원

ISBN 979-11-92486-85-7(03810)

임영희 제7시집

목차

저무는 하늘에 별이 뜨고

희망이라는 꿈

삶의 푸른 언덕

아름다운 세상

저무는
하늘에
별이 뜨고

사랑하며 살리라

기세당당하던 그 매서웁던 겨울이
어느새 달아나고 있나 봐요

멀리 보이는 나무줄기마다
연두빛 내비치고 있어요
은행나무 촉들은 벌써 새끼손가락
한 마디쯤이나 나왔던 걸요

봄이 오는 건 바람 냄새에도 알 수 있고
코끝을 스치는 바람의 기력도
한결 스러지고 봄은 정녕
곁에 와 있나 봐요

봄이 오면 또 여름 올 터인데
왜 이리도 봄을 기다릴까요
나이 들면 추운 겨울보다
따스한 봄볕이 그리워지나 봐요

그렇지 않고서야 유난스레 봄을
기다리는 심정心情은 어디에서 올까요…
꽃집 창문으로 뵈는 예쁜 꽃들을 보며
이 봄에는 세상의 모든 걸 사랑하며 살리라

사랑하며 웃으리라
마음껏 사랑하며 살리라…

남과 여

남자는 언제나 앞서 가기를 좋아 한다
손잡으면 마치 끌려가는 듯
女子는 수줍은 듯 보이지만 슬프다

앞서가는 남자는 기쁠지 모르지만
끌려가는 듯한 여자는
한없는 수치다

男子여! 그대가 앞서 걷기보다는
함께 나란히 속삭이며
행복하게 걸어 갈 수 없나요…

人生 그 멀고도 아득한 길을
함께 손잡고 행복하게 걸어가는 건
기쁨이다

기쁨을 나누어 가질 수 있는
아름다운 사람이 되자
참다운 연인이 되어요

눈꽃 나무

겨울의 아름다움은 눈꽃 나무
나무마다 눈꽃을 쓰고
북풍 속에도

아랑곳하지 않은 채 조용히
하이얀 얼음꽃을 피우고 서 있다

눈꽃의 아름다움은
살을 에이는 아픔이다

겨울의 절정에서만
피어나는 꽃 너무 애처롭다
조용히 흐르는 겨울 강물…

눈꽃은 슬퍼도 울지 않는다
눈물은 또 다시 눈꽃으로 피어
봄이 찾아오는 그날까지

눈꽃 나무는
그렇게 서 있어야 한다

떠나고 싶을 때 떠나가라

그대여
떠나가고 싶을 때
떠나가라

사람은 때로 떠나고 싶은
방랑벽이 있다는데
그런 유혹 한번 없었다면

그 사람은 참 대단하이
잔잔한 물결 위 여기
그대를 기다리는

배 한 척 놓여 있네
어디로 가야 할 것인가는
그대의 뜻이다

미지未知의 세계를 향向해
그대의 꿈을 따라서 미끄러지듯
노를 저어가면 알 것이네

그대여! 망설이지 말고
그대의 마지막 꿈을 향해
힘껏 노를 저으며 도전해 볼 것이네

숲의 나라

숲에는 나무들만 아는
잔잔한 이야기가 숨어 있다

새들이 날아와 집을 짓고
노래하며 때로는 슬피
울기도 하겠네

숲이 하는 얘기를 들을 수
있는 건 바람뿐이다
나무끼리 한데 어울려 사는 숲의 나라

숲에는 작은 꽃들이
모여 살기도 한다

꽃들이 하는 말을 알아 듣는 건
새들이다
새의 눈물로 피어나는 꽃

꽃들이 모두 소생하는
봄이 되면

숲은 온전히 생명이 솟구쳐
풋풋하고 싱그러운 녹색
숲의 나라가 된다

푸른 산맥

장엄한 산맥이 겹겹이 쌓여
빼어난 능선을 잉태하고
있누나!

신새벽의 차가운 푸른 빛으로
너무나 아름다운 산山의 신성한
빛깔 눈부셔라

정겨운 우리의 산하 오천년
역사의 뜨거운 열정을 품고
조용히 누워 있네

고개를 높이 들고 바라보라
오천년 역사의 유구한 사랑
은근함과 끈기의 자연自然을…

드높이 소리쳐보라 그것이
우리의 긍지인 것을 아~
반만년의 역사의 위업이여!

누가 우리를 얕보려 하는가
배달의 영혼들이여 깨어나
피 끓는 선열의 뒤를 따라야 하리…

봄의 향기

연두빛 봄의 향기가
코끝을 간지리네요

마음은 어느새 꽃잎마냥
가벼워지고

봄의 환희가 벅차
가슴이 떨려요

보랏빛 제비꽃의
사랑스러움을 보세요
아장아장 봄 마중하고 있네요

정겨움에 부신 봄빛
사랑함이 아지랑이 되어
피어오르는

봄의 향기香氣여
사랑이여…

봄의 얼굴

봄이
한가득 열렸네요
아름답고 예쁜 봄이

사랑스런 봄의
얼굴

웃음을 활짝 웃으세요
그대 얼굴도
봄같아요

봄이 이처럼
아름다운 줄을 정말 몰랐네요

다 사랑 하고파요
자연의 윤회까지
감격스러워요

어여쁜 봄이 사랑스런 봄이
정말 가득 열렸지요

마음껏 봄을 즐기세요
오! 행복의 빛깔처럼
황홀한 봄…

나는 나무다

나는 한 그루의 나무
땅 속 깊숙이 뿌리 내리고
서 있는

바람 부나 비가 내리나
햇볕 내려 쪼이는 여름
눈보라 치는 겨울

해가 뜨고 해가 가고
달 뜨고 달이 가고 수많은
날들의 무쌍한 변화에도

나는 움직일 수 없는 나무
나무의 운명運命은 뿌리
굳게 뿌리 내림으로 하여…

나무의 꿈은
하늘을 향해 밤마다
기도하는 간절한 소망

나무의 눈빛 속으로
스며드는 투명한 하늘의
자애로움

비로소 나무의 꿈은
나무의 꿈은
흔들리지 않으리라…

새의 욕망

새의 아름다움은
눈망울이다

하늘이 투영된 새의 눈
맑은 이슬처럼
영롱하다

부리마다 욕망慾望을 쪼우는
힘이 넘쳐나고

창공을 날으는
새의 욕망은
달빛을 훔치고 싶음이다

멀리 보기 위해 높이 날으는
갈매기처럼 새는 더 큰
야망을 얼레짓한다

밤으로의 긴 휴식休息에서
깨어난 새鳥여

새의 욕망을 향해
끝없이 비상하라
그리해 달빛에 이르는…

새의 욕망이여!
욕망의 끝은 그 어디인가

저무는 하늘에 별이 뜨고

신새벽 별을 보면서
집을 나서는 사람들
삶이 삭막하여도
포기할 수 없는 삶의 길

건널목마다 붉은 신호등이 있듯
도처에 붉은 신호가 켜지고
아득히 멀기만 해 보이는 삶의 길

주저앉아서 일어 설 수 없는
사람들의 절망
따뜻한 손길 한 번 펴볼 수 없이
저마다 갈 길이 멀다

목숨을 초개같이 버리는 사람들
절망의 늪은 언제쯤
벗어날 수 있을는지…

슬픔 뒤에 기쁨이 온다 하여도
기다리는 시간時間은 절망을 낳게 한다
하루의 해는 또다시 떠오르지만

희망希望을 잃어버린 이들의 슬픔은
내일이 없다
소망까지도 잃어버린

저무는 하늘에 빛나는 별이 뜨듯
절망의 뒤안길에 비추이는 희망希望
그래도 희망은 있어야 하리라!

화개 벚꽃 십리길

눈부셔라 꽃이여 봄이 꽃덩이 속에서
마냥 환히 웃으며 봄을 찬미하고 있어

그 꽃길 위 지나는 이들의 즐거움
한량없어라 아직 만개하지 않는 꽃의

수줍음이 보는 이의 마음까지도 수줍게
미소로 답하게 하네 꽃의 아름다운 행렬

화개 벚꽃 십리길을 연인들이 손잡고
거닐면 사랑이 깊이 이루어진다고…

사랑의 꽃길 봄의 화사함이 가득히 실려
꿈길이듯 따뜻하고 황홀하였겠네

사랑하는 친구들이랑 나누이는 담소도
하늘과 바람 봄빛과 꽃 새로운 인연들까지

행복幸福한 하루는 섬진강 맑은 물결따라
그렇게 쉬임없이 흘러 추억을 남기네

슬픔이 아닌 눈물

작은 아름다움이 때로
눈물을 흘리게 합니다

아주 보잘 것 없는 조그만
선물일지라도 주는 마음과
받는 이의 마음이 한결 아름다워
감격할 때가 있습니다

나뭇잎에 반짝이는 햇살을
보고도 기쁠 때가 있습니다
눈물은 어쩌면 기쁨입니다

이유理由도 없이 슬프지도 않는데
눈물이 납니다

삶에 지친것이 아니라 이제
산다는 것에 감격해서
그러나 봅니다

햇살이 투명하게 비추이는 날
창밖을 내다 보십시요
가슴 뛰는 소리가 울립니다

살아 있다는 감동스런 느낌
약속約束되지 않는 나머지의 삶
그 미지未知의 삶에 대한 감회도…

아주 작은 기쁨도 때로는
눈물을 흘리게 하나 봅니다

둘이서 걸으면

그대야 둘이서 손잡고 걸으면
봄이 가득히 내려 앉아 있는 꽃길
꿈결같은 사랑의 마음 한아름 안기겠지

그대야 우리 마음껏 달려 가보자
숨막혔던 지난 세월 죄다 떨치고
젊음이 가고 없기에 홀가분한 상념

잡념이란 다 던져 버리고 팽개치고
남은 세월 아름다운 시간時間의 소중함
사랑하는 마음만 담아 힘차게 달리자

봄은 사랑에 있어 青春과도 같아라
청춘의 봄! 봄의 꽃길을 걷는 기쁨
그대야 둘이서 손잡고 꽃길을 걷자

장밋빛 人生

누가 인생을 장밋빛이라 했을까요
아름다운 장미꽃의 곱고 고운 빛깔
그처럼 아름다운 빛깔의 인생
얼마나 행복할까요…

누구에게나 어느 순간 장밋빛으로
빛나는 한때가 있었으리라
꿈 많던 청춘靑春의 가슴 부푼 희망으로
찬란한 젊음의 절정이던 시절…

진정 그 시절이 장밋빛 인생일까요
아름다운 꽃 장미여 향기로움으로 하여
때로 인생人生이 험난할지라도
그대로 하여 따뜻한 위안을 얻게 해줘요…

어느 봄날에

어느 꽃피는 봄날에
그대는 영원한 꽃이 되어
가슴에서 피어났다

봄날의 아름다움을 기쁨을
무어라 표현할 수 있을까
환희의 미소가 피어오른다

살아 온 모든 날들의
그리움도 피어오르고
설레던 날의 기억들도
너무 생생해진다

봄날의 햇살마냥 아련한 그대
온 생애를 걸어도
후회 없는 사랑이고 싶다

해질녘 푸른 나무 숲의
여린 잎새들이 너무 아름답고
새들은 조용히 둥지로 돌아가
날개를 접으리라

밤하늘의 별 하나
오래도록 잠들지 못하고
세상의 아름다운 꿈 이야기
살며시 들려주고 싶은 어느 봄날에…

신록의 가로수

신록의 청순함
신록의 향기로움
오~ 싱그러움이여

주욱 늘어 선 가로수의
녹색이 가슴마다 생기로움
듬뿍 불어 넣고

햇살로 하여 가장 빛나는
녹색 빛깔을 물러 받은
선연한 오월五月의 빛이여

꽃은 더 향기香氣로워지고
맑은 목소리로 우짖는
새들의 노래

계절의 여왕女王이라 불리는
오월의 푸르름이 가로수의
잎새마다 윤기를 더해 가네

어느새 우리 곁에 다가 선
오월의 신록
싱그러움의 행복함

신록이여 푸르름이여!
사람마다 꿈꾸는 그 길 위에
빛이 되고 안식安息이 되라

고요의 숲

숲이여! 그대를
보는 것만으로도 마음이
안온하다

그대 곁으로 가서
초록빛 그늘 아래에서
단잠을 자고 싶다

잎새 간지린
고운 바람
잠든 이마를 스치며

번민煩悶의 밤도
덧없는 욕망도
제다 씻어가리

드높은 하늘과
드넓은 대지의
싱그러움…

고요의 아름다운 숲이여!
마음의 요람처럼
우리들 곁에 늘 있어주오

보리밭

누가 누가 보리밭 깜부기 아시나요
그 옛날 보리고개는 기억 나시나요
보리 피기를 학수고대하며 기다리던
춘삼월 기나긴 보리고개 쑥개떡으로
허기진 배를 달래던 그 옛적 봄을…

푸른 보리밭 이랑마다 깜부기 피면
한 입 가득 깜부기 뽑아 먹고서
그으름처럼 새카맣게 물들었던 입술
들어 보신 적 있나요 우리 앞서 사셨던
분들의 배고프던 시절時節의 서러움을…

지금은 보리밭도 아름다운
풍경風景이 되었지요 쌀보다도 보리가
더 귀한 세상 부자라야 보리밥을
먹을 수 있다나요 요즘 세상에는…
청청한 보리밭 잊었던 기억 새롭게 하네

내 고향 낙동강

그리운 내 고향
낙동강이 흘러가는 곳

유년 시절
여름이면 낙동강
강가에서 살았었네

멱 감고 고기 잡고 놀던
친구들 다 어디에
살고 있는지

그리워 불러보아도
대답 없는 메아리…

작디작은 발바닥
간지리던 긴 모래사장
낙동강洛東江 모래는
분가루처럼 곱기도 했었네

여름이면 은어가
뛰어 놀던 물 맑던
내 고향 낙동강아!

세월 흘러 산천山川도 변해
물길은 막혀지고
이른 아침이면 운무 자욱한
안동댐

관광객이 몰려 오고
월영교 다리 밟기는
새 명물이라나요

아 ! 그리운 내 고향
낙동강이여…

꿈을 바라보는 女人

먼 하늘의 꿈을 바라보는 여인女人이여
바라볼 수 있는 꿈은 아름답지만
꿈을 이루어 가는 것은 너무 아득해

세찬 바람 불 때나 눈비 몰아쳐도
꿈은 항시 메마르지 않고 꿋꿋이
강물 흐르듯 쉬임없이 흘러가야 하리라…

너른 들판에 홀로이 서서 아득히
먼 꿈을 바라보는 아름다운 여인아
그대의 눈길 머무는 곳에 보여지는

희망希望은 어떤 모습 무슨 빛깔일까
꿈꾸는 곳에 꿈의 열매가 열리고
비로소 그대의 눈빛 미소 띄우려나…

조화로운 아름다움

아름다움은 눈으로만
느끼는 것이 아닐 것입니다

아름다움은 마음으로도
느낄 수 있겠지요
세상 사람들 제다 장미꽃을
아름답다고 말하지는
않을 것입니다

향기香氣가 짙어서
너무 달콤해서 가시가 있어서
너무 예뻐서 싫다고도
말할 수 있겠지요…

느낌이란 사람 나름대로의 기질
개성이라는 것
세상은 바야흐로 개성個性시대
그대들의 개성을 마음껏
뽐내세요

각양각색의 개성들이
꽃을 피운다면 한송이의 꽃보다
더 아름답겠지요

한 마리의 새보다 더 우렁찬 새소리
함께 어울린 調和야말로 더 값진 아름다움…

마음속의 천사

내 마음속의 천사여
날개가 없어
날지 못하여도

때로 미소 띄운 얼굴 따습한
모습으로 함께 웃기도 하고
울기도 하며

정겨운 사람이 되고져
둘레를 아름답게 하고
슬프게 하지 않으려

천사天使의 마음을 흉내 내게 하는…
천상天上의 아름다운 천사의
눈에 비추인 어설픔이

가소로울지라도
천사는 언제나 나의 곁에서
그렇게 아름다히 있어야 한다오

마음속 아주 조그마한
천사여 꽃보다
어여쁠 것 같은 천사天使여!

아주 떠나버리지는 마세요.
그대는 내게 부끄럽지 않게 하는
거울이 되어야 한다오…

새벽호수

신새벽녘 신비神祕에 쌓인
호수여
자욱히 피어오르는
호수의 물안개

태양은 어디쯤에서
아침을 열 것인지
기다리는 이는 하염없다

꽃잎도 잠이 들고
새들조차도 휴식을 꿈꾸는
고요의 시간

산山들은 제 혼자서
웅지를 품고 그렇게 제 자리를
지키며 풋풋하다

불면으로 밤을 새운
이들이여 새벽 잔잔한
호수로 가요

호수가 깨어나는
아침의 精氣를 마음껏
들이키고

세상世上은 언제나 또 그렇게
꿈을 꾸며
보이지 않는 희망希望일지라도
가슴 가득 채워가요

알 수 없는 길

햇살 따스한 빛을
온몸으로 듬뿍 받으며
어여쁘디 어여쁘게
피어난 꽃들

어두운 나무 그늘 뒤
햇빛 등진 습한 음지陰地에서
피어나지 못한 채 웅크리고 있는
씨앗들이 있다는 것도 생각해 주세요

인생人生의 행로에서 햇살과
사랑과 박수갈채 쏟아지는
무대 위에서 빛나게 웃고 있는 이들…

군중 속에 묻혀 꿈을 잃어버리고
떨리는 모습으로 홀로 슬피우는
외로운 사람도 存在한다는 걸
기억해 주세요

따스한 봄빛 속에서도
겨울 같은 사람
겨울의 한 가운데서도
봄볕 같은 사람

人生行路란
누구의 뜻일까요
정녕 알 수 없는 길…

새

새의 그리움은 꽃이라네
새는 그리움에 지칠 때
노래하네

푸른 나뭇가지 위에서
그리움을 노래하네

하늘까지 닿는 그리움
잎새마다 이슬방울이 되고

영롱한 눈과 다듬어진 부리
새의 눈빛 속에
푸른 하늘이 스며 있네

부리로 하여 새는 외로움을 쪼우고
날마다 비상을 꿈꾸네

아름다운 새여 새의 그리움이여!
꽃이 아름다운 건
새의 눈물 때문…

꽃망울조차도 새는
눈여겨 볼 줄 안다네

꽃이 지는 날 새는
못내 그리움으로 하여
소리 높여 울고 마네

높이 나는 새

높이 나는 갈매기는
멀리 볼 수
있다지만

욕망은
그 높이를 가늠하지
못한다네

신화 속의
욕망의 새는 이글거리는
태양太陽빛에

녹아 버리고
말았다네
높이 오른 새여!

새의 욕망欲望은
끝이 없어도 높이 나는
새의 한계는 있다오

새여! 드넓은
바다 위를 날아오르는
갈매기여

새의 추락墜落은
너무나도 분명한
욕망이라네…

매듭

할머니가 살아 계신다면
백 열 여섯 되시는 해다
아흔 셋에 하늘나라로 가셨으니
스물 세 해 지나갔다

할머니가 사셨던 그 즈음을
상상해 보면 지금은
별천지일 게다

그분들은 恨을 맺지 않으려
매듭진 고리를 애쓰시면서
꼭 손으로 푸셨다

싹뚝 잘라 버리면 될 것을
한이 남아 맺혀 있어서
안 된다고 하셨다

나도 사오십 대까지는
할머니의 그 말씀이 귀에
쟁쟁하여 기를 쓰고
손톱으로 이빨로 꼭 풀었었는데

어느새 그저 쉽게 살고 싶어
싹뚝싹뚝 가위질을 하고 만다
설마 매듭 안 푼다고
한이 맺혀 남아 있을까…

오늘 아침도 매듭진
비닐봉투를 가위로 싹뚝
잘라 버렸다
할머니 죄송하옵니다!

종달새

지지배배 지지배배
노래 부르던 종달새

보리밭 곱게 물들은
봄날의 하늘을 날며

지지배배 지지배배
우짖던 종달새떼

지금은 다 어디로 가고
보리밭도 종달새도

먼 기억 속에서만
떠 오르는가…

화창한 봄날의 추억만큼
그리운 종달새여!

희망이라는 꿈

아름답게 하소서

수줍음으로 하여
홍조 띈 여인女人의 얼굴
수수한 여인의 빛

꽃 만발한 꽃밭에서
미래未來의 꿈을 그려보는
女人아

인생人生은 가장 가치 있는
긴 여정…

두려워 말고 힘차게
도전해야 한다오

하늘 가득 피어있는
흰 구름마냥 다양한
삶이 놓여 있고

갈망과 도전의 결과는
인내하며 기다리는 것
삶이 아름답기를 소망한다면

여인아! 그대의 삶을 아름답게
스스로 가꾸어 가라

女人이여! 그대의 삶을
정녕 아름답게 하소서!

마음껏 웃다 가리라

오척육촌의 작지 않는
몸속에 도사린 욕망欲望을
하나 남김없이 버려야 할 것을
예순 해도 넘게 쌓아 두면서
다스리지 못한 채…

울며불며 괴로워하고
외로워했네
참된 종교인도 못 되고
뻣뻣한 자존심 하나로
버티어 온 세월歲月

이제 훨훨 벗어라
껍데기도 허물도 제다 버려라
사람아 사람아
가는 길이 얼마 남지
않았다네

욕망도 꿈도 다 버리고
깨끗이 씻어 말린 하이얀 무명옷
같은 마음으로 마음껏 웃다가
조용히 미소微笑 띄우며
가리라

사람의 길

나뭇잎 흔들이는 바람에도
마음이 흔들리고
꽃 한 송이의 감동에도
눈물 흘리는 여린 마음
비바람 몰아치는 거친
들판 어찌 건너 왔을까
뒤를 돌아보면 아득한 세월
아직도 갈 길은 남아 있다네…

창밖 달 밝은 밤이면
먼 하늘 한쪽 바라보며
알 수 없는 미래는 또
얼마나 설레였던가
제 마음 하나 다스리지
못한 채 예까지 왔거늘
멀고도 가까운 사람의 길
사람의 길이여!

매미 손님

아아! 올해의 첫 손님
매미가 찾아 온 날

맴맴맴맴…

칠층 베란다 방충망까지
날아 와 인사했네

긴 장마와 무더위 속에서
그래도 매미 소리에

마음이 한결 청량감을
느끼게 하고…

자연自然의 섭리에
고개 숙여졌다네

여름 한 철을 위하여
七年이란 긴 시간의 기다림

매미의 일생이 사람에게
암시하는 교훈教訓은 무엇일까

맴맴맴맴…

고운님 오실 제

실비 내리는 날
고운 님 오실 제
마중 가오리다

코스모스 곱게 피어
아름다운 꽃길
고운 님 걸어 오소서

봄비도 아니건만
곱게 내리는
가을비

고운 님 젖으실까
안타까움에 우산 들고
마중 가오리다

님아! 어서 오소서…

앞치마

장농 속 무엇이 들었는지
모르는 채 수십 년을
살았었네

이삿짐을 싸려고
묵은 것들만 넣어 둔
삼층 자개농을 뒤졌지요

맨 아랫쪽에 시집 올 때
갖고 온 입어 본 적 없는
양단 공단 한복 몇 벌이랑

풍기 인조로 만든
옷가지들 버선 몇 켤레
광목 앞치마 하나…

그만 눈물이 앞을 가렸네
시집 안 가겠다는 딸
어르고 달래어 시집 보낸다고

손수 만들어 주신
이제는 어머니의 마지막
유품이 아니던가…

39년이란 세월이 지나가
뽀얗던 옷감은 황금빛으로
변해 버리고

락스 물에 곱게 삶아
어머니 보는 듯
두고두고 사랑하리라

힘들면 기대세요

정말 슬프면 울고
힘들면 기대는 것
그걸 아세요

아프면 아프다고 하세요
혼자서 참지 마세요
외로우면 외롭다고 말 하세요

감정을 속이는 것
참는 건 병이 됩니다
그냥 우세요

너무 외로울 땐 도움을 청하세요
차 한 잔을 나누이면서
있는 그대로의 마음을 나누세요

삶은 그 누구에게도
그리 쉬운 것도, 견디지 못하는
최악의 것도 아닐지 모릅니다

결코 쉽게 절망만은 마세요
순간의 자신을 위로하고 격려하며
한 순간을 넘기는 거예요

어쩝니까 그렇게 사는 거지요
사는 것이 아주 행복한
사람들은 두고 말입니다

부디 힘들면 큰 나무에라도
기대세요 슬프면 아주 큰 소리로
마음껏 우세요…

아름다운 절정

만개한 벚꽃의 아름다움
봄볕이 무르녹아 눈부시다
겨우내 기다림으로 하여
초조한 마음들도 사라지고
화사한 봄빛 닮아
더욱 화사한 벚꽃

봄은 벚꽃이랑 짝꿍이 되어
아름다운 세상을 만들고
봄의 여정旅程이 바쁘듯
꽃의 여정도 그리 바쁜가
몇 밤새 꽃비가 되어 내릴 때
아쉬움도 비가 되어 내리네

아름다운 동행

삶의 길 위에서
행복한 만남을
위하여

사람들의 끝없는 해후邂逅
눈빛 한 번의 인연도
있거니와

오랜 시간時間 속에서
다듬어진 아름다운
동행

반세기를 두고 결속
되어온 우리들의
정情

장하도다
아름답도다
그대들이여!

우리들의 영혼 속에
이미 잠재되어
떼낼 수 없는 벗님들

끝없이 아름답고도
행복幸福한 동행이 되었네
아름다운 우리들의 동행이여!

물보라

장엄한 경관에 놀라움뿐
신이여 감사하여이다

자연 앞에서의 미약한 인간의 힘
정녕 고개 숙여 지나이다

에메랄드 빛깔의 물빛과
부서져 흩어지는 물보라

아아 눈부셔라 흰 물살의 아름다운
분사噴射여 참으로 세상은 아름답도다

구름과 하늘과 물결과
폭포의 조화調和로운 빛이여

온통 푸르름으로 하여 청량한 아름다움
하늘이여 폭포여 영원하여라

불야성의 거대한 폭포여
그대 잠들지 못해 괴롭지 않나요

도시는 온통 네온싸인 불빛으로
휘황찬란하고 사람들의 꿈꾸는 여정旅情…

모두가 사랑이어라 위대한 신神이시여!
자연의 아름다움은 사람을 행복幸福하게 하나이다!

등대

끝없이 푸른 바다
한없이 펼쳐진 바다
그 바다 길 위에

오직 빛이 되는 등대
때로 바다는 외로움에
울부짖고

바다의 광폭한
몸부림에도
홀로 지키고 서서…

바다의 외로움을 달래는
자랑과 꿋꿋함의
등대여!

길 잃은 항해자航海者의
빛이 되고자 그리도 의연히
자리하고 섰누나

아름다운 통영 앞바다
물빛 고운바다 바라보며
오늘도 등대는 고즈넉하다

향기로운 사람

사람다운 사람
사람내음 짙은 곰삭힌 情이
가득 넘치는 그런 사람

이 세상 삶 속에서
사람다운 사람이
그리운 時代

人情은 자꾸만 메말라 가고
물질 만능만 기를 쓰고
치달아 가는데

신뢰도 의무도 제다
무너져버린
세상의 쓸쓸함이여…

사람다운 사람
순수로 하여 아름답던 정겨움을
어디에서 찾을런가

마음의 아름다움이
이 世上 어디에서도 감동을
불러일으켜

사람다운 사람
가장 정결淨潔한 마음이야말로
향기로운 사람이리라…

비를 좋아하는 그대에게

비가 내리는 날 그대에게
예쁜 우산 하나 보내 드릴게요

비가 내리면 그대는 왠지
가슴 설레어
어디엔가
떠나고 싶다고 했지요

함초롬이 비에 젖던
낭만은 잃어버렸지만
그대처럼 유난히 비를
사랑하는 사람 또 있을까요

그대는 비가 내리는 날이면
보이지 않는 날개를 달고

혼자서라도 먼 길을 돌아
미지未知의 세계로 달려가서
아주 천천히 그대의 꿈을 찾고
사랑을 가득 담고

미소 띤 얼굴로 조용히
조용히 돌아오십시오…

우리

이제 말言이 필요치 않아
눈빛만 보아도 우울한지
아픈 건지 가늠이 되네

오랜 날들 함께 나눈
수많은 기쁨과 슬픔
웃고 눈물 흘렸던 시간들

연인들처럼 속삭이던 밀어
시간의 축적이 두렵지 않던
젊은 날의 빛나는 기억들

정녕 우리에게는
말이 소용없네
너무 친숙하기에 잘 길들여진 우리

언제 보아도 정겨웁고
어느 때 만나도 반가운
영혼의 나라도 함께 가자 우리… 친구야

꿈속에서 만나리

향기로운 꽃 그늘에서
그대를 기다리는 시간은
향기香氣가 베어나

그대가 손을 잡을 때
향기로운 꽃내음에
그대는 취하겠지요

여름날 싱그러운
플라타너스 나무 그늘 아래에서
그대를 기다리면

푸르름이 스며들어
눈빛까지도 싱그럽게
보일테지요…

그대를 기다려 가는 긴 시간
곱게 물들여지는 단풍
붉다 못해 불타는 빛깔로

반짝이고 그대의
가슴에도 불꽃이 피어
오르겠네요

사랑은 늘 그렇게
기다리는 사이에도
가슴으로 오는 것

보이지 않아도 마음으로
느끼는 것 그대여
오늘 밤 꿈속에서 만나리…

돌아갈 때는

삶에 지쳐
초라한 몰골일지라도
나 돌아갈 때

가을하늘 마냥
투명하게 깔끔히 닦아
신선한 모습으로 돌아가리라

하늘빛이 곱던
가을날은 푸르던
마음으로 즐거웠고

목련이 피던
봄날에는 솜털처럼
부풀어 오르던 행복

함박눈이 펄펄 내리면
겨울엔 또 다른 기다림으로 하여
뜨겁던 열정과 기도

삶의 깊고 너른
둔덕에서 때로 슬피 울고
몸부림치던 아픔일지라도…

봄 햇살에 사르르
녹아내리는
눈덩이 같은 지난 삶이여!

어느새 돌아갈 날의
아쉬움과 이별이
저만치서 보이는 듯

내 정녕 돌아갈 때는
미소 띄우며
아름답게 가리라

사랑하는 自然

자연은 너무 아름다워서
슬프도록 아픈 삶도
때로 잊어버리게 한다

스크린의 영상처럼
아름답게 펼쳐지는
사계절의 환상 같은 풍경

지친 인간의 영혼을
위무하며 정화시켜
삶을 사랑하게 하네

아름다운 자연을
사랑함은 인간의 의무
인간 생존의 보루…

고향의 향기

솔향기 마냥 청청한
고향의 향기
고향을 바라보는
마음은 늘 같아라

안동댐이 보이고
월영교를 바라보는 감회
해를 걸러 찾아간
친정 나들이

부모님 다 떠나셔도 언제나
다정한 정이 흐른다
아버지 기제사에
절을 올리고

못다 한 이야기도
마음으로 고해드리고
고향의 향기 가득 담고서 돌아온
마음은 아직도 가슴 가득 고향 향기

그리움 하나로 사노라

그대 이름은 여자
그리움 하나로 사노라

삶의 긴 여정이
때로 너무 벅차고
외로움으로 가슴
떨릴 때

그리움 하나 피워가는
들꽃같은 사랑

기도 드리는 마음으로
사랑을 꿈꾸고
아름다운 꽃 한 송이
향기로움 뿜어내듯

그리움 하나 소중히
갈무리고 곱게 사노라네…

아름다운 독도

눈송이 날리듯
날으는 갈매기떼

검은 바위 기슭
가냘픈 들꽃

너무 아름다워서
가슴에 사무쳐라

우리의 땅 독도여!
그 누가 뭐라 하여도

독도는 영원한
우리의 땅

어설픈 음모와
망발을 버려라

아름다운 우리의 독도
우리가 굳게 지키며 보존하리!

희망이라는 꿈

절망이라는 고도에
홀로 나뒹굴 때
희망이라는 꿈이 있어

인간은 온전히
좌절하지 않고 다시
일어서는 힘을 얻나보다

삶이란 끊임없이
사랑하며 노력하고
인내로서 자신을 가꾸어
가는 외로운 길…

타인과의 싸움이 아니라
자신과의 승부에서
승리하는 것

후회와 포기와
기우에 빠지는
열패감에서 벗어나

희망이라는 꿈과
너그러이 웃을 수 있는
미소와

최선을 다하는 노력이
자기와의 승부에서
이길 수 있는 떳떳한
힘이 아닐런지…

차 한 잔의 사랑

벗이여
시간의 흐름이 왜 이렇게
빠른 것 같나요

열서너 살의 솜털 보송한
얼굴로 만나 이제 하나둘
주름 진 얼굴들

그래도 언제나 낯익은
얼굴이 마음의 위안을
준다오

늘 함께 곁에서 바라보며
손잡을 수 있음도 행복이며
마주보며 웃는 것도 기쁨이지요

눈을 감으면 우리의 세월들이
어느 한 곳에서 박물관의 유물처럼
잘 진열되어 있는 추억을 본다오

아! 사랑하는 벗이여
오늘 아침 향기로운 차 한 잔의
사랑을 마셔 보세요

편지

오늘 밤 편지를 쓰리라
사랑하고 있노라고
말하지 못한

지나간 시간들 속에
갈무리 해두었던
그리움을 말하리라

때로 눈물 겨웠노라고
가슴 메어 울고 또 울었노라
고백하리라

사랑은 어디에서 온 걸까
어느 날 문득 그렇게 엄습해 온
사랑의 예감은

자아를 송두리째 빼앗고
감당할 수 없는 미망과
혼돈의 세상을 주었네

사랑이 결코 기쁨이고
청춘이 아름다웠노라
말할 수 없어도

사랑은 삶의 아름다운 뿌리
훗날 다시 꽃으로 피어
추억까지도 행복하리라고…

세월의 연륜

겨울나무 두 그루
잎새 하나 없이
쓸쓸한 모습

두 그루의 나무가
너무 대조적이다
아직 세월의 연륜이
쌓이지 않은 앙상한 나무

가냘픔이 애처로웁고
한켠의 늠늠한 자태의
나무가 믿음직하다

세월의 연륜이 듬직하게
쌓여 아름드리 넉넉한
충만함을 느끼게 한다

사람아 사람아
나이듦을 슬퍼말자
인생의 관록도 어디엔가
묻어나리니…

제 몫의 인생 다
겪어온 세월의 얼굴들이
정녕 아름다우리라

이슬방울에 맺힌 봄

매화가 수줍게
눈 뜨는 아침

이슬방울이
수줍은 매화 얼굴을
살며시 감싸고

더 아리따운 모습으로
찾아온 봄…

밤새 봄비라도 살짝
다녀 갔을까

매화 꽃잎에 맺혀 있는
봄향기
이슬도 보석 같으네

봄아! 봄아
이슬방울에 맺힌 이쁜 봄아…

염원

언제나 기도하는 마음으로 살리
욕망이 지나칠 때면
넘치는 욕망의 불꽃 끄기 위해
기도드리고

마음 한 구석 띠끌이 쌓이면
물빛 고운 냇가로 가서 밤새 마음을
송두리째 깨끗이 씻어내어

오직 순수한 눈빛과
마음으로만 살 수 있기를
기도하고 싶습니다.

외로움에 지치고 슬플 때면
꽃을 가꾸는 정성으로 가슴을 달래이고
맑은 눈빛이 그리운 날은 드높은
하늘을 바라보며 마음 부끄럼 없게 하리라

변함없는 마음으로 진실만을 말할 수 있는
용기를 갖고 순수히 소박한 마음으로
살다 이 세상 하직하고 싶나이다!

봄날의 연가

사랑은 정녕
어디에서
오는 것일까

봄날의 아름다운
꽃향기에 묻혀
사랑은 오는가

빛이 아름다운 봄날
꽃들의 미소와
새들의 지저귐

신비한 느낌으로
떨려오는 가슴
사랑은 그렇게 오는가

시간의 흐름 속에도
변질되지 않는
봄날의 연가여

떠나보낸 젊음의
환상까지도
떠오르게 하고

삶은 행복한 것이었을까
슬픔이었을까
단정 지울 수 없는

삶의 다양한 여정
그래도 행복한 것이었노라
남아 있는 날의 아름다운 봄날이여!

우울한 날은

미소 띄어 주세요
우울한 날은
그대가 보내는 미소는

마음을 안락하게 하고
바라보면서 얻는 위로가
희망을 갖게 합니다

많은 시간이 지나가도
변하지 않는 믿음이
사랑이라 여깁니다

산다는 건 때로 외로움이고
아픔일 때 그대가 보내는
미소는 힘이 됩니다

그냥 멀리 있더래도 마치
곁에 있는 것 같은 착각까지도
사랑이라 느끼며

믿음으로 의지 하는 건
행복이며 끝없는
희망입니다

자기가 아닌 타인에게서
자신의 분신을 느낀다면
그건 은혜로움입니다

오늘 같이 우울한 날에는
그대여 미소를 보내 주세요
잊을 수 없노라고…

五月이여

내 마음속 오월은
아름다운 보석입니다

오월이 열리는 아침의
햇살을 만져 보세요

투명한 빛이 나뭇잎을 뚫고
살며시 손끝에 닿는 느낌을…

빛나는 오월이 있어
마냥 행복합니다

열두 달 제다 새로울 지라도
유난히 마음을 사로잡는 오월

싱그러움과 풋풋함으로
온통 설레이게 하는

오월이여! 계절의 포근함이여
축복과 감사드리리다…

엄마가 되었을 때

첫 애를 낳아 처음 보듬었을 때의
가슴 벅찬 설레임을
잊을 수가 없습니다

딸 아들 구별 않고
우리의 애기라는
충만한 감격

말로는 표현할 수 없던
그날의 감동이 오늘 새삼스레
가슴에 와 안깁니다

정말 진자리 마른자리
40년의 보살핌이
헛되지는 않았는지…

때로 아비 어미됨이
그리 쉬운 일이 아니라는
자괴감도 있었지요

“건강하게만 자라다오”
진실 같지만 부끄러운 거짓
세상 사람들 제다

제 자식 잘 되기를 바라지요
이제는 진정으로 제 운명
제 삶을 살아가기를

얘들아 올바르게
건강하고 행복하게 살아다오
어버이날에…

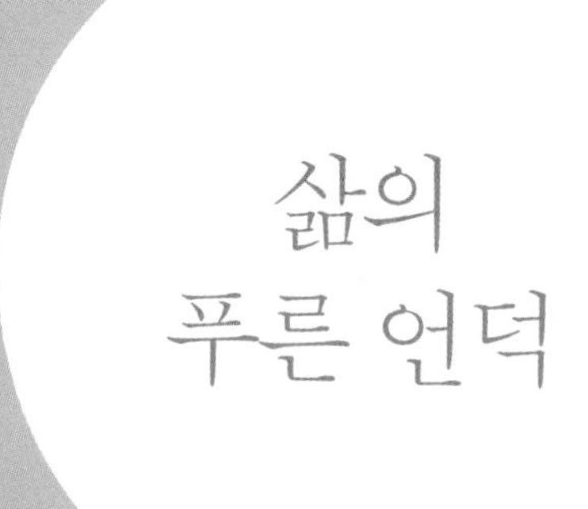

삶의
푸른 언덕

거울 속에는

거울 속에는 살아온 세월이
쑥스럽게 묘한
웃음을 흘리고 있다

숱이 적은 머리카락
반백이 되어 성글고

눈 밑 주름이
서글피 또 웃음으로
얼버무린다

기미 검버즘은 이미
할 말이 없고 감출래야
감출 수 없는 세월의 이끼

일흔을 바라보는
나이가 他人 같으다

주어진 시간은
얼마쯤인가 생각을
버려야겠거늘…

이제는 참으로 황금시간
다 사랑하고 용서하며
감사하는 마음으로만 살으리다

거울 속 살아 있는 삶의
생생한 흔적이여!

삶의 푸른 언덕

꿈꾸던 날의 삶의 희망은
늘 찬란하고
무지개 빛깔로만 채색된
빛나는 길을 사람들은 행복이라 했다

너무 막연하고 감지할 수 없는
상상의 것이라 하여도
두려움 없는 기쁨만을 생각한다

삶이 어디 기쁨뿐이랴 마는
감추어진 함정은 알 수 없고
운명의 길섶을 따라

쉬임 없이 달려온 삶의 길
이제서야 조용히 뒤를 돌아보게 한다

행복했던 시간은 어디쯤이었나
지나간 시간 속에 내재해 있을
아름다운 때를 상기해 본다
오! 삶의 푸른 언덕이었던 한때여!

그 풀숲에 뿌려놓은
우리들 젊은 열정과 사랑
지나간 것은 모두가 아름다워라…

그대게로 가리라

슬프고 외로울 때
막다른 골목길에 선 듯
막막할 때

무엇 하나 기억할 수도
의지할 곳도 없을 때
그대게로 가리라

작은 시내가 흐르고
물풀이 파랗게 하느적거리는
물가에서

그냥 그렇게 가만히 앉아
하염없이 조잘거리며 흐르는
시냇물을 보고…

바람이 불어와
귀밑 머리칼을 스치고 지날 때
그대의 낮은 목소리

한 마디의 위로를
들을 수 있다면
위안을 얻으리라

사람들이 때로 지치고
외로울 때 위로의 말 한 마디
따뜻한 손길 한번 쓰다듬이

작은 희망이 되고 힘이 되고
아주 작은 그 위안들이
가장 큰 사랑이 되리라

자꾸만 情이 메말라지듯
소원해지는 사람들
그리움이 병이 되고…

나 또한 그리움이
병이 되고 외로워질 때
그대게로 가리라

작은 희망

신새벽 창을 열면
신선한 아침공기의
싸아한 촉감

살아 있다는 감동에
새삼 감사해요

건강한 얼굴로
식탁에 모여앉아
따뜻한 눈빛을 보내고

오늘 하루가
어제이고 내일이었던
소중한 날들

허망한 욕심 없이
서로 건강을 염려하고
사랑하며

별 탈없기만을
기도하는 마음…

그것만으로도
어느 때는 너무나도
과분하여

눈물 한 방울
한 지붕 아래
가족으로 사는 행복함이여!

그 이상의 욕심은
이제 버리렵니다…

풍경 너머에

내가 잠든 사이
그대는 들을 지나
숲길을 가고 있었다

내가 들을 지나
숲길에 이르렀을 때
그대는 산을 넘고

강을 건너 사막에
이르르고
나는 산을 넘어…

시간은 그렇게
삶을 이끌어 가고
삶은 시간 속으로 걸어갔다

삶의 길에서
어긋나는 운명의 길
아름다운 풍경 너머

알 수 없는 운명이
나를 기다리고
그대를 기다리고…

외할머니

울 외할머니 사시던
초가마을

늦가을이면 새짚으로
노랗게 지붕 단장하고

질화롯불에 알밤 묻어
나를 반기시던 외할머니

치아는 다 빠져
오물거리시던 입술

초등 5학년 때의
마지막 모습

노오란 초가지붕 위로
상기되는 울 외할머니…

사랑 그리고 아름다움

어느 날 문득
뜨거운 눈물이
솟구쳤습니다

왠지 알 수 없는
뜨거운 눈물이
목이 메이고

지나온 시간 속
잊을 수 없는 기억들이
생기를 품으며 살아 났습니다

너무 생생하여
열다섯 살이 되기도 하고
스무 한 살의 봄날의 꿈같기도…

마흔 살이 되면서
철이 들었던 부끄러움
삶의 긴 여로가 너무 선명하니

외줄로 늘어서서 고즈넉이
건너다보고 있는 듯
마치 꿈결인듯 합니다

어느새 일흔을 바라보는
세월의 뒤안길
후회하지 않는 삶으로 그래도

아름다웠노라
행복하였노라
아주 사랑하였노라 말하리라…

눈이 맑은 사람

누군가 눈目이 맑다고
말했어요

맑은 눈을 볼 수 있는
사람의 눈도 맑겠지요

높푸른 가을 하늘을
마냥 쳐다보면
눈이 맑아지지 않을까요

세상의 살아 있는
모든 것 사랑하는

작은 새 한 마리
아주 작은 풀 한 포기도
다 사랑하노라면

마음도 맑아질 것만
같지 않나요

정말 맑은 눈을 가진 사람이
되고 싶어요

새해 소망은

새해에는
음츠렸던 마음들을
활짝 펴고

그리워하는 것과
소망하는 것들이
죄다 이루워지게 하소서!

마음 가득 상처 입은
아픔들은 씻은 듯
거두어 가시고

눈빛만 바라보아도
포근하고 따뜻한
마음이게 하소서!

마음 둘 곳 몰라
방황하는 이들과
고통으로 희망을 잃은

절망의 구렁에서
허덕이는 모든 이들께
빛이 되게 하소서!

수많은 날의 기도가
환한 보람되어
사랑의 마음으로 돌아오게 하시기를…

사랑하며
아름답게 살고져 하는
이들의 꿈을 저버리지 않는…

새해에는 모두를

행복되게

마음껏 웃게 하소서!

눈내린 아침에

세상의 띠끌 다
덮으리라
하얗게 빛나는 아침은
세상의 욕심
세상의 거짓일랑
죄 벗어 버리고
그 하루만이라도
순백한 마음
감사하는 마음으로
세상 사람들 모두가
행복했으면…

행복한 시간

행복은 그대 마음속에
아늑한 집을 짓고
내밀한 속삭임으로
그대를 사랑함이리라

차 한 잔을 곁에 두고
행복해질 수 있는 마음은
혼자 있어도 충만함으로
미소 짓는다오

타인에 대한 기도와 배려
용서할 줄 아는 가슴으로
긍정적인 삶을 사노라면
행복한 시간이 그대 곁에서…

아름다운 미소가 되고
그대가 꿈꾸는 소박한 꿈들은
언제나 그대에게 아름답고
건강한 삶을 주리라

꿈과 희망

푸르른 꿈들이
저 하늘 위 둥둥
구름되어 떠다닌다

포기해 버린 것들의 꿈도
허상의 구름이 되어
떠다닌다

아름답던 꿈들의 행렬
세상은 너무 빨리
변해갔다

분주히 뛰며 달려가도
이루지 못하는 꿈들은
아낌없이 버려지고

다시 아름다운 꿈들을
피워내며 끊임없이
달려야겠지요…

잃어버린 꿈으로 하여
허송하는 어리석은
눈물은 보이지 말고

목숨이 다하는 날까지
꿈과 희망을 가슴 가득히
채우며 행복해 하리라

황금나무

사람은 같은 사람이건만
가을을 맞이하는 마음은
같지가 않네

해마다 노랗게 물든
은행잎을 바라 보았거늘
올해는 유난히

가슴 설레이듯
내 눈 깊숙히 황금나무로
아름답게 빛나 보이네…

저녁 가로등 불빛에
반사 되어 노란잎새가
황금덩이처럼 풍요롭게 보인다

만추의 십일월
가을이 더욱 아름다운 건
황금나무의 그 빛깔 때문이리라

떠나는 가을

현란한 빛깔을 지피던
가을이여

가슴 가득 추억을 남기고
떠나 가는가

수없이 맞이했던 가을날의
아름다운 정감들

지나간 것은 모두가
사무치도록 그리웁네

청자빛 가을하늘에 날려보낸
내 삶의 열정들은

지금쯤 어디 뫼서
조용히 쉬고 있을가

되돌아 오지 않는
삶의 여정 길에

가을은 슬픔 같기도 하고
찬란한 기쁨 같기도…

떠나는 그대의 모습은
정녕 그리움을 남기네

人生은 연극이 아니다

인생이 한번 쯤은
연극이라면
얼마나 좋을까요

불행하고 잘못된 순간
다시 한 번 멋지게
공연을 해 볼 수 있을텐데…

인생은 오직 단 한 번밖에
살 수 없는 순간들의
신중愼重한 외길

자신이 책임지고
어느 한 순간도 소홀히
할 수 없는 소중한 삶!

회피하지 말고
포기하지 않으며 전력투구하는
자신의 인생으로

결코 후회하지 않는
삶이 되도록
진실한 삶으로 꾸며가리라

섬

그대가 섬일 때
나는 바다이고 싶다

그대가 바다가 되면
나는 섬이 되리라

아득히 먼 옛날로부터
바다는 외로움을 달래려

섬을 부르고 섬은
파도소리 들으며

떨치지 못하는
그리움이 되었네

푸른 茶器

누군가 아름답게
빚어 놓은 푸른 다기茶器
마음을 한없이
사로잡는다

언제 보아도 깊은
바다 속 같은 푸른색
유혹처럼 마음을
설레게 한다
이슬처럼 맑은
차 한 잔 가득 부어

바다 속 같은 푸르름을
마음껏 들이키고
넓고 푸르른 바다를
닮아 가랴

철새

철새의 깃털에는
외로움이
묻어 있다

그리움을 두고
수만 리 날아야 하는
운명

철새의 눈망울에 언제나
비애가 가득
고여 있는…

차가운 북풍을
등에 업고
무리지어 날으는 철새

그 아름다운 비상의
날갯짓 소리가
들리는 듯

계절이 바뀌면
또 다시 떠나야 하는
외로운 나그네여…

열정의 꽃

붉게 타오르라
붉게 타올라라
사랑아

사랑이 없고서야
인생이 있을소냐
사랑아 사랑아

붉게 핀 저 꽃처럼
소담하게 아름답게
피어올라

세상을 사랑하고
사람을 사랑하고
눈에 보이는 것

존재하는 것
마음에 품은 것
기도하는 것

모든 것을 다 사랑하라
불꽃처럼 불태우라
불꽃처럼 뜨겁게 살아라…

더 사랑하라 말하네

밝고 맑은 햇살에
곱게 피어난 꽃이

아름답게 웃으며
더 사랑하라 말하네

재난이 거듭 일어나
더욱 어수선한 세상

슬프고 고통스러운
이들을 위해서…

따뜻한 위안과
격려할 수 있는 마음

한 방울의 땀방울이라도
함께 보탤 수 있는

사람이 되라 하네
사랑을 나눌 줄 아는

사람이 되라하네
하늘이시여! 도우소서…

운치

소나무 분재의 아름다움이
마음을 사로잡네

세월이 쌓여간 흔적이
깊고 깊어 그 운치로움이
한량없네

어루만진 장인의 손길과
정성이 그윽하고

청청한 솔향기가
마음의 음율을
드높게 하겠네

아름답고 운치 있는 소나무
분재盆栽 하나

곁에 두고서 헛된 망상 뿌리치며
오래오래 친구하고 싶구나

부부

함께 가는 길

험하고 고달플지라도

두 손 맞잡고

서로 끌어주면

힘겨움도 외로움도

안개 걷히듯 사라지고

사랑과 믿음 서로

굳게 의지하며

세상 끝나는 날까지

행복하리라

천년의 미소

아름다운 천년의 미소
신라인의 미소가
사랑을 보냅니다

천년을 이어온 소박한 미소가
가슴 한구석을 자리하고
전율처럼 스며 듭니다

우울을 떨쳐라
미소가 주는 행복함이
인생을 아름답게 하리라

일상의 생활 속에서
그대의 미소는
행복과 꿈이 되게 한다

〈여인이 웃고 있는 신라시대의 유물을 보며…〉

살아 오백년

소나무를 볼 때면
성삼문의 절개를
연상합니다

삼백 예순 날 마냥
푸르른 빛깔은 절개를
상징하기에 충분했고

왠지 모를 의연함과
청결하고 순수한
기백도 느끼게 했어요

그 뿐만 아니라
소나무는 살아서
오백년

죽어서도 오백년을
너끈히 지탱하는
끈기가 있다고 하네요

솔잎은 떨어질 때도
두 개 잎이 함께 붙어서
떨어진대요

옛 결혼식 대례상에
소나무가 올려지는
깊은 뜻이 거기 있답니다

부부는 죽어서도
떨어지지 않고
한 몸으로 살라구요

살아 오백년

죽어 오백년

큰 기둥이 되는 소나무

클로버꽃과 황금보리

보리가 익어 황금빛이다
클로버꽃도 왕성하게 피어
보리밭 풍경이 한결 더 아름답다

청보리밭이 어느새
황금 보리밭으로 변한
세월의 변화가 참 빠르고

이제 7월도 중순에 접어들어
8월 무더위의 절정이
생각만으로도 두렵다

마음속엔 푸르른 바다가 부르는
해조음에 귀 기울이며
맘껏 바다로 달려가고

풍요로운 대자연이 주는
아름다운 풍경들이 가슴 가득
물결치며 언제나 감동을 느끼게 한다

먹구름

줄잡아 여든 평생
멀고도 긴 인생 길에
어찌 쨍쨍한 햇빛만
있으리오

때로 먹구름 몰려 비바람
몰아치고 폭풍우 휘몰아쳐
한치 앞도 분간 못하는
막막한 즈음…

먹구름 저 멀리 파아란
하늘이 있겠거니
희망은 언제나
위안을 주리라

험한 고갯길도 오르고
또 오르면 평평한
아름다운 들녘 저 멀리
보이나니…

삶의 길은 한 굽이굽이
넘어 가노라면
쌓인 발자국마다 영근
삶의 열매가 담겨지고

사랑하고 사랑하면서
제 삶의 제 인생길이
후회없는 아름다운
길이 되는 것을…

살찐 용

백자 달항아리에서 태어난
살찐 용이 누굴 닮았네

용띠에 키 크고
뚱실퉁실 닮았네

날렵하지도 않고
웃기는 듯 해학이 넘친다

사실 웃지도 않고
남을 웃길 줄도 모르는데

보고 있노라니 자꾸만
웃음이 입가에 배어난다

저 웃고 있는 용龍처럼
이제는 웃는 사람이 되어 볼까

웃으면 복이 온다는데
늦었지만 웃으면서 살으리라

바람소리

모든 것이 존재하는
길 위 우리의 삶이
소롯이 놓여 있네

수천 년의 삶의 흔적이 쌓여진
그늘과 양지 바람이 스쳐간
길을 아무도 모른다

서로 사랑하면서 나누인
밀어들까지도
바람 속에 스며 있으리라

창을 스치고 지나가는 바람소리에
몰래 날려 보낸 우리들의 슬픔이
지금 어디에서 고인 호수가 되어 있을까

외로움을 느끼는 사람들 곁에
바람이 머물며 속삭여 주는
바람의 목소리를 누가 기억하랴…

잠 못 드는 밤
바람은 그대 곁에서
함께 가슴을 앓고

새벽녘 그대가 알 수 없는
목 쉰 소리로 먼 길을 떠나가는
바람소리…

위례성 길

황금빛 은행잎이
가을을 풍성히 달고

한성백제의 옛길
위례성길은 온통 황금빛

가을이 넘치고 넘쳐 마음 가득
만추晩秋의 감성을 안고

꿈길마냥 눈을 지긋이 감은 채
한성백제의 영광을 되새겨 보는

깊고 조용한 사색에
마음껏 빠져 보실래요

오늘은 십일월 마지막 날

가을이 문을 닫아버릴까요

사랑의 조개껍질

사랑을 전할까요
아름다운 조개껍질

보는 것만으로도 사랑이
모락모락 피어날 듯

사랑스런 조개껍질
어느 바다에서 태어났니

그 바다 물결은 더욱
잔잔하고 고운 빛깔 아닌지…

사랑의 모습으로 빚어진
귀엽고 어여쁜 사랑의 조개껍질

처음 만나는 반가움으로
마음 가득 즐거움을 주누나!

아름다운 세상

초대

오늘 밤 그대를 초대하렵니다
바다가 고즈넉히 잠든
하이얀 모래벌 위에 마련한 촛불

아주 조촐한 작은 식탁일지라도
그대를 위해 할 수 있는
아주 큰 마음이라 여겨주세요!

붉은 와인은 꿈꾸는 마음이며
사랑의 빛입니다
오래도록 간직했던 그리움과

깊이 신뢰하는 믿음으로 초대합니다
사랑하는 마음으로 오소서
행복한 마음으로 달려 옵소서…

자화상

아무리 보아도 못생겼어
거울 속에 보이는 얼굴
누구인고…

설마하니 다른 사람도
아닌 나였네
누구를 탓하리오

이제와서 아버지 어머니
원망도 못하고

살짝 한 눈을 감고서라도
사랑해야지 보듬어 아껴야지
나인 것을…

아름다운 눈물이여

요즘 들어 자주 흘리는 눈물
텔레비전을 보다가도
아름다운 풍경에 취해서
공감을 자아내는 글귀를 읽을 때도
눈물이 핑 돕니다

젊은 날 가슴 아픈 시련으로
눈물이 흐를 때면 눈물은 여자에게
준 가장 큰 은혜로움이라
자신을 위로하며 많이 흘렸지요

이제 살아온 날에 비해
얼마 남지 않는 세월
모든 것이 아름답고 감동적인
은혜로움으로 감사하는 마음
눈물이 살풋 어립니다.

더없이 맑은 이슬같은 눈물
포근함이 넘쳐흐르는
아름다운 눈물이여
애틋하고 소중한 삶이었네

남자의 향기

불끈 쥔 손아귀 안의 꽃 한 송이
누구에게 바치려는 꽃입니까
힘이 넘쳐 보입니다

아름다운 장미 한 송이의
의미가 궁금하네요
흰 구름과 푸르른 하늘 아래

열정의 힘 남자의 향기가
장미 향기보다 더 짙게
우러납니다

사천항 갈매기

사천항 맑은 바다물에
깨끗하게 몸단장한
사천항 갈매기 한 마리

사랑스럽고 귀엽기도 해라
혼자 앉아 무얼 그리
골돌하게 생각하느뇨…

친구도 없이 짝도 없이
외로이 날으는 갈매기 모습
쓸쓸함에 지친 날갯쭉지

파도야 너무 거세게
용솟음치지 말아라 혼자 날으는
지친 갈매기 두려워 한다네…

비조

하늘 높이 나는 새여
우아하고 멋진 날갯짓
'높이 나는 새가 멀리 본다'는
말은 이미 진리다

높이 날 수 있는 것은
새의 능력
푸른 창공 높이 높이
날고 있는 새의 자유로움이여!

그 자유로움에 매료당해
때로 새가 되는 꿈을 꾸네
날아라 새여 높이높이
새의 능력은 날갯짓

끝없이 날아 푸른 하늘의
신비를 꿰뚫어 보려무나
아름다운 새여 마지막 내 꿈의
소망을 저 하늘 높이 전해주려무나!

두 사람

사랑하는 마음을 가진
두 사람의 뒷모습은
아름답다

부부가 언제나 나란히 서서
한 곳을 함께 바라볼 때
더욱 아름답다

인생은 서로 사랑하면서
배려하고 감사할 때
아름다운 삶이 되나 보다

늘 푸른 바다를 비추는
등대가 외로워 보이는 건
언제나 하나이기 때문이리라

소금쟁이

정말 오랜만이다
소금쟁이야
한 오십 년만이라고 한다면
거짓말 같니?

초록빛 동그란 수련잎 위
예쁜 구슬방울들이랑
놀고 있는 네 모습
사랑스럽구나!

참으로 흔히 볼 수 없는 네 모습
오늘 같은 날도
쉽게 잊을 수 없는
행복한 날이란다

마음달래기

마음이 아프면 달래야 하거늘
일흔 해를 살았어도
아직도 방법을 모르네

몇날 며칠의 시간이 한참
지나간 후에야 그래도 마음은
저절로 조금 갈앉아 있고

더 오랜 세월이 흐른 뒤
그때 왜 그렇게 아파했을까
후회도 하는…

그렇게 흐른 세월이 어느새
일흔 해가 꿈을 꾼 듯 떠나갔네
지금도 마음이야 아플 때도 있고

사람의 평생이 길고도 짧은 듯
뒤돌아보는 세월은 아름다워
아프면 아픈 대로 눈물겨우면

눈물겨운 대로 흐르는 물결이듯
그저 그냥 흘러 보내는 것
곰곰이 생각해 보아도

묘책은 달리 떠오르지 않고
그냥 그렇게 죄다 받아들이며
사랑하는 마음으로 살아야 하겠지요

울고 싶은 날

누군가 애타게
부르는 소리…

갈래갈래 굽이치는 길을
돌 때면 소리쳐 부르는 것
같게도 뒤돌아보고프다

사는 것은 늘 미련이고
애달퍼서 발걸음마다
고이는 눈물

언제인가 돌아서서
한없이 울고프다

보이지 않는 메아리거나
붙잡을 수 없는 바람이거나
때때로 허망한 꿈일지라도

한데 엉겨 마음껏
소리쳐 울고 싶다

수석

수석 속에 영원히 갇힌
여인의 초상
어딘가 숙연한 느낌의
여인의 자태
신비함과 경이로움이
슬픔을 느끼게 하네!
수천 년의 침묵을 묻고
선채로 돌이 되었는가
여인네의 슬픈 한恨이여
오! 천년의 한이여…

빗방울

청청한 솔잎에 맺힌 빗방울
옥구슬인가 은구슬인가
고운 구슬 되어 대롱대롱
햇님은 먼 나라에서 잠자는 중이네

장마 중에도 곱게 핀 작은 꽃
청청한 솔잎 사이로 웃음 웃고
방울방울 맺힌 빗방울은
떨어질 생각없이 아롱거리네

사과 낚시

어떤 이의 아이디어인지
무척이나 재미있고 신나겠네요
사과산지 문경에서는
사과축제가 한창인가 봐요

울긋불긋 아름다운 가을산 아래
가지마다 매달린 붉은 사과도
장관이겠거니와 사과축제에 오신
이들에 대한 즐거운 배려

어른 아이 모두가 참여할 수 있는
즐겁고 흥겨운 놀이
상쾌한 가을날 하루쯤의
가족여행으로 남길 수 있는

아름다운 최상의 추억 만들기
낚시로 잡아 올린 사과맛은
또 얼마나 맛있을까요
보는 것만으로도 유쾌한 사과낚시

우울의 늪

때로 사람들은 우울의
늪에 빠진다
이유도 알 수 없이
빠져드는 우울의 늪

눈물 흘리거나 괴로워하는
순간의 고통으로 하여
생명을 버리는 안타까움
잠시 하늘을 바라보라

아주 크게 숨을 쉬어 보고
한 소절의 노래도 불러보라
햇빛 밝은 날은 무작정
거리로 나가 한없이 걸어도 보는

사람들이 모이는 시장터 삶이 살아
생동하는 그런 곳도 둘러보고
자신 보다 어려운 역경 속에서
꿋꿋한 모습으로 살아가는 사람들도 만나

삶의 다양하고 분주한 생명력에
작은 감동과 희망의 씨앗을 스스로
발견하려는 부단한 자기와의 싸움
분명 우울의 늪을 지나면 푸른 초원이 있으리라

어느 날의 일기

지나간 시간들의 무덤을 찾아
밤새 헤매인 아침
눈부신 태양은 찬란한 빛으로
다시 황홀케 합니다

지나간 것은 망각해야 하며
내일은 우리에게 희망을 잉태케 하는
때로 집착은 많은 것을
상실케 하고

도전하여 성공이라는
보석을 캐게도 하는
나름대로의 철학을 익히며
살아온 우리들…

언제나 정의로움은 빛나야 하며
부정함과 부패는 쓰러져야 하는
뜻이 살아서 용솟음치는 그런 날의
충만을 마음껏 기억하고 싶은 날입니다

회상

낙동강 언덕에서 눈물 흘렸네
삶이 너무 막막해서
꿈이 외로워서

열다섯 살 적에
생이 허무하였고
절망은 끝이 없었다네

방황과 배회의
그 긴 외로움의
시간들…

불혹의 나이에 접어들어
삶이 따스한 모습으로
가까이 다가와 손 잡아 주었네

허무의 늪에서 방황했던
젊은날이라 하여도
후회는 않으리

이제 금빛 황혼이 저 만치서
아름답게
빛나는데…

그 잔여의 빛을
온 몸으로 받으며 오늘은
삶을 찬미하고 싶네

달빛 여행

1.
얕은 물속에서 헤엄쳐 오르는
은어의 꼬리에 빛나던 은빛 달빛

어망을 던져 고기잡이를 즐기시던
아버지를 만나고

아버지는 근엄한 얼굴도 아니셨고
내 아홉 살의 천진하게

아버지의 무릎에 앉아 노래 부르던 때와
젊은 날의 눈물 젖은 내 얼굴이 보이고

아아 세월은 너무 빨리 흘러서
하늘나라로 떠나신 그리운 아버지…

2.

아! 오십 년도 더 지나 가버렸네
세상을 두루 자유롭게 돌아다니며

세상 사람들 살아가는 모습 보는
내 꿈들은 허망해지고

잠 못드는 밤 달빛을 받으며
상상의 날개를 펴 떠나는 달빛 여행…

세상의 모든 아름다움과 그리움 사랑
그리고 눈물과 슬픔 외로움 아픔들도

요요한 달빛 속에서는 모든 것이
은빛 환상으로 나를 행복하게 합니다

삶의 여정

1.

태어남이 나의 뜻이었는가
삶과 죽음이 내 뜻이 아니라
운명이라 하여도
삶은 온전히 나의 몫이었네

꿈도 사랑도 뿌리가 있고
튼실해야 했거늘
통틀어 살아온 삶이

어디 그물처럼 촘촘했던가
피땀 흘리고 허리 휘도록
열정을 뽑았던가

2.

때로 눈물겹다 한들 혼신의 힘으로
산 적은 있었는가
삶이 조금씩 부끄럽고 안일을 꿈꾸며
그냥저냥 살아온 발자취

이룩한 것 없는 허허한 가슴이
마냥 죄스럽고 삶의 뜻은 언제나
제 몫이거늘 스스로 삶의 길을

아름답게 가꾸어야 했거늘
오! 내 삶의 마지막 여운이여…
남아있는 시간의 소중함이여…

탁류

흐린 물 속에서도
아름다운 연꽃 피나니

세월이 아무리 어수선하여도
제 마음 맑고 곧게 다스리고

사람마다 제 갈 길
바르게 앞만 보고 가노라면

누가 무어라 해도
세상은 아름답고 살만한 곳

사람아 사람아 세상
어디에 살아도 사람답게 살자

탁류에 휘말리거든
혼신의 힘 바쳐 제 길 찾아 가소서…

아가와 꽃향기

아가야 꽃향기를 맡는
귀여운 아가야
너도 꽃이 아름답니

아가야
꽃향기가 너무 달콤해
꽃향기에 취했니

아가야
네 모습이 마냥 어여뻐
미소가 절로 띠어지네

아가야
이제 그만 일어나렴
꽃향기에도 질식한단다

아가야
사랑스럽고 앙증맞은 네 모습
한아름 사랑을 전해주네

* 꽃밭에 앉아 있는 아가를 보며

비 내리는 날에

비가 몹시 내리던 날
장미꽃 한아름 안고 가는
젊은 남자를 본다

비가 내리는 날
한아름의 장미꽃다발을 받는
여인은 얼마나 행복할까

때로 장미 한 송이를 사면서
'나를 위해 장미 한 송이' 주문처럼 뇌이며
장미 한 송이를 샀던 기억들

어느 해 생일날 아침
'꽃은 어디에서 팔지요'
출근하는 짝꿍에게 던졌던 말

그날 저녁 꽃다발을 안고 왔던
그날의 기억도 이제
서른 해쯤의 옛일…

비가 내리는 날
한아름의 장미다발을 안고 가는
젊은 남자에게

행운이 있기를
사랑이 이루어지기를
진심으로 비오리다

돌다리

돌다리 건너서
그대 마중 갈까나

돌다리 건너서
님아 어서 오소서

저물어 해 떨어지면
캄캄한 어둠 속에서

그대 헛발 내딛어
온통 다칠세라

님이여 어둡기 전
서둘러 옵소서

꽃이 되네

가을이 빨갛게 익어갈 동안
마음도 곱게 익어
행복을 가늠하는 눈웃음과
밝은 미소를 흘리게 하네

삶이 때로 고달플지라도
계절마다 색달리 지펴지는
그 아름다움에 취해 다시 그리고
또다시 새 꿈들이 피어나는

사람아 사람아
한번 뒤돌아 볼 때마다
새로워지는 마음들이 꿈들이
세월 속에서 아름다운 꽃이 되네

기다림의 시간

긴 기다림의 시간은
아픔입니다
아픔일지라도 기다리는
시간이 있음은 행복입니다

숱한 날 삭막한 마음으로
빈 가슴일 때의 우울은 고통입니다
홀로 외로움을 느끼는 순간
견딜 수 없는 아픔

살아 가노라면 누구나 한번쯤은
느껴 볼 수 있는 인간의 외로움
사람들은 그걸 잊기 위해
스스로 마음을 다스리고…

시간을 안배하는 노력을 해야 하겠지요
사람은 누구나 때로 혼자일 수도 있고
절망의 순간에 놓일 수도
허나 기다림의 시간 인내의 냉혹한

시간들을 보내고 스스로 굳건한
자존감을 갖게 될 때 비로소
절망絕望으로부터 벗어날 수 있는 힘과
미소지을 수 있는 용기를 갖게 되리니…

아름다운 세상

우리가 살아온 세상
눈물 반 웃음 반이라 하여도
세상은 너무 아름답다

이제껏 살며 꿈꾸며
돌아 볼 수 있었던 곳
설령 그리 많지 않아도

눈빛과 귀로 익히고
마음으로 상상한 것들
그 모든 것들은 끝없이 신비롭다

세상은 너무 다양하고
무궁하여 좁은 의식으로는
제다 감당키 어려워라

누구에게나 단 한번쯤의
사랑하고 행복했던 기억들을
잊지 않았다면…

아아! 되돌아 본 세상 그리고
남아 있을 세상이여
정녕 눈물겹도록 아름다워라!

한가위 명절을 보내며

한가위 명절 잘 쇠셨나요
날씨가 청명하여
추석나들이 하시기
마음이 상쾌하셨죠

고향 간 가족이 돌아오고
밤하늘에 둥실 떠오른
달님을 보며
마음속으로 소원을 빌었어요

중천에 높이 떠 있는 달님은
무척 밝고 맑았습니다
큰 자연재해나 인재 없이
모두가 좀 평안한 마음으로

살았으면 좋겠다고…
'유년시절 동네친구들이랑
뒷동산에서 큰절을 하며
소원을 빌었던 생각이 떠올라'

혼자 빙긋 웃었네요
세월이 참 많이도 흘러
여든을 지나보낸 나이에도
달을 보고 소원을 빌다니…

늦은 밤 다시 달님을 보았더니
밝은 구름 사이로 달님이 가는지
구름이 흘러가는지
한가위 달밤이 무척 아름다웠습니다

절규

오! 거대한 나목이여
초승달이 애잔하게
비추이는 밤

나목 앞에서 선 한 인간의
외로운 절규를 듣고 있는가

천년이 흐름직한 나목이여
홀로 선 인간의 목 메인 숱한
절규를 기억하느뇨…

때로 삶의 진의가 의심스럽고
배반의 역습이 두려워

잠들어 가는 어둠 속에서
마냥 절규하고마는 인간의 아픔을
나목이여! 그대는 가늠할 수 있는가

出口

출구를 잃어버린 이들이
너무나 많다
어둡고 칙칙한 터널에 갇힌 듯
스스로 공포감으로 하여 칼춤을 추는

언제나 앞서 달려가는 사람의
발걸음 따라
기진맥진 하여도 앞선 이를 따라
잡을 수 없는 절망감

차라리 느린 걸음일지라도…
제 자리에서 맴돌지라도…

아주 천천히 제걸음을 찾아
느린 걸음으로라도 제 길을
찾는 것이야말로 진정한
제 인생이리라

자신을 사랑하라!
포기하지 않는 자애自愛만이
제 인생을 아름답게 열 수 있는
유일한 길이다 그것이 삶이리라…

설경 속의 아름다운 城

오늘밤 그대들을 초대합니다
설경 속의 아름다운 성으로
오시는 방법은 각자가 알아서
오시도록 하소서!

두 눈을 꼭 감고 상상 속의
날개를 달고 왕자가 되고 왕이 된
아름다운 여왕이 되거나
공주가 되어 찬란하게 성장한 모습

그대들이 가장 원하는 모습으로
참석하시기를
산해진미가 차려지고
휘황찬란한 불빛 아래

쌍쌍이 춤을 추는 행복한 모습
동화 속의 무도회처럼
그러나 열두시가 되면 돌아가야 하는
신데렐라가 아니라

한밤새 마음껏 꿈꾸시다가
아침이 되면 눈을 뜨셔야 합니다
한밤의 꿈은 사라지고 초대는 끝났습니다!
아름다운 성城에서의 꿈… 안녕 안녕

늙음에 대하여

오랜 세월 욕심없기를 바라며
살아왔네요
늙음에 대해서도 나이만큼만 늙은
모습이기를 생각 했어요

'아프니까 청춘'이라는 그 청춘을
정말로 아프면서 지나왔고
'불혹의 나이 마흔'도 어영부영
그런대로 잘 넘겼지요

인생살이 60년 회갑을 넘긴지도
십수 년 지난 70代
이제 무엇을 걱정하리오
건강하게 일흔을 넘겼으니…

그만큼의 나이 먹은 모습으로만
살 수 있다면 족하리라
일흔이면서 여든 넘은 듯 보인다면
그래도 조금은 억울할 것 같아서

제 나이만큼만 조금은
편안한 모습으로 건강할 수 있다면
밝은 웃음 맘껏 웃으며
만족하리라!

어린이날에

어여쁜 아이들아
씩씩하게 자라라
푸르른 오월이 아름다운 건

해맑은 너희들이
싱그럽게 웃기 때문이다

몸도 마음도 활짝 웃고
커다란 목소리로
크게 소리쳐 보아라

너희들의 소망과 꿈
이루고 싶은 것
모두 소리쳐 보아라

가슴 속 후련히
슬픔을 남기지 말아라

미래는 너희들 것이다
아름다운 꿈을 가꾸어
아름다운 세상

너희가 이루지 않으려나…
노력하고 달리고 달리면
꿈은 꼭 이루리라!

헌시

1.

서른 해의 세월이 보이셔요
한걸음 한걸음 쌓여진
그 세월이 저 만치 먼 곳에서
님을 바라보며 찬사를 보냅니다

님께서 걸어오신 그 길은
사랑이며 배려이고 끝없는
봉사였습니다

이 땅의 수많은 여인들의 한恨을 달래이고
아픔을 다스리는 님이 행한 그 길은
참으로 따뜻한 힐링의 길이었습니다

지금 이 자리는 님의 자랑이시며
크나큰 사랑의 모습입니다!

2.

비가 오고 눈이 내리고
폭풍이 몰아쳐도 쉬임없이
걸어오신 서른 해의 발자취들이
님을 우러르게 합니다

한 점 흐트러짐 없이
가꾸어 오신 아름다운 님의 자태
오래오래 간직하시고 이렇게 멋진 자리
행복한 자리 영예로운 자리…

오늘 여기 모인 우리들 모두가
한 마음으로 님에게
축복을 보내옵니다

3.

1983년 10월 14일 노래강사
1호가 되시어, 노래강좌 첫 걸음의
길이 열리고 그 서른 해의 님의
끝없는 뜨거운 열정이 하늘에 닿아

오늘 2013년 10월 14일
'제1회 전국 노래교실 회원의 날'로
승화 되었나이다

이 빛나는 자리 영광의 날은
영원히 빛날 것입니다
구○○ 선생님!

어느 곳 어느 때나 건강하시고
행복하소서! 진심으로 축하드립니다

후기

1.

2019년 11월 임영희 제3, 4시집을 내면서 후기를 썼습니다.

'내가 쓴 글이 시詩인가, 시가 아닐까! 나 자신도 수긍할 수 없는…으로 시작하여 아무조록 따뜻한 마음으로 읽어주셨으면 하는 바람입니다!'

2년 후 2021년 2월 임영희 제5, 6시집을 내면서… '때로 너무 일상적이고 산문적이고 부끄러울 수도 있지만 그건 내 인생의 위안이어서… 부끄러울지라도 내 삶의 기쁨을 위해 행복함을 위해 그냥 그렇게 단순히 만족하려 합니다.'

2.

이제 또다시 임영희 제7, 8시집을 내기 위해 후기를 씁니다.

글을 다시 쓰기 시작한 지도 이제는 20여 년이 됩니다! 늘 스스로 부끄럽다는 생각뿐인 그 글들을 그냥 버리고 싶지 않다는 욕심으로 하여, 계속해서 써온 나머지의 글들을 모아… 자신을 위해 내 人生의 긴 여정에서의 기쁨, 슬픔, 아픔의 여러 느낌에서 오는 나만의 생각들을 남겨보려 합니다!

부끄러움은 예나 지금이나 한결같은 제 마음입니다.

어쩌면 마지막 시집이 될지 모를 '임영희 제7, 8시집' 변함없는 마음으로 읽어주시길 바랍니다.

2023년 7월

임영희林英姬

· 임영희 저자 약력 ·

· 1940년 안동 태생
· 안동사범 병설중학교 졸업
· 안동사범 본과3년 졸업
· 숙명여대 문과대 국어국문과 졸업
· 초등학교 교사 6년
· 1972년 월간 시 전문지 『풀과 별(신석정, 이동주)』 추천
· 현대시인협회 회원
· e-mail: vivichu429@hanmail.net

사람과 삶에 대한 통찰과 사랑을 읽다

– 권선복
도서출판 행복에너지 대표이사

동아시아의 성인 공자는 논어論語 위정편을 통해 "쉰에는 하늘의 명을 깨달아 알게 되었으며, 예순에는 남의 말을 듣기만 하면 곧 그 이치를 깨달아 이해하게 되었고, 일흔이 되어서는 무엇이든 하고 싶은 대로 해도 하늘의 법도에 어긋나지 않게 되었다"라는 유명한 말을 남겼습니다. 이처럼 사람은 살아가면서 인생의 경험을 통해 각자의 방법으로 지혜를 쌓아 나가게 됩니다.

2021년 5집 『봄, 여름, 가을 그리고 겨울』과 6집 『아름다워라 산하여』 이후 2년 만에 7집 『달빛여행』, 『8집 남아 있는 날의 기쁨만』으로 돌아온 임영희 시인의 작품을 보면 세월이 흐르면서 쌓여 가는 삶에 대한 통찰과 애정의 노력을 알 수 있습니다. 신성한 산맥과 모든 것을 포용하는 강에서부터, 우리의 시선이 보이지 않는 곳에서 살아 숨 쉬고 노래하는 작은 풀꽃과 벌레, 새들에 이르기까지 다양한 자연물과 교감하며 자연과의 사랑을 이야기합니다.

특히 임영희 시인은 끝없는 경쟁과 갈등으로 점철된 현대 사회를 견디며 살아가는, 사람들에 대한 위로와 애정이 담긴 시선으로 독자들의 마음을 어루만지면서 동시에, 인간이 궁극적으로 지향해야 할 이상적인 세계를 자연으로부터 찾으려는 시도를 하고 있습니다.

20여 년간 시와 관계없는 삶을 살았고, 우연히 글쓰기를 시작한 이래 15년 만인 2019년 제3시집 『그리워 한다고 말하지 않겠네』와, 제4시집 『꽃으로 말할래요』로 출판의 꿈을 이룬 임영희 시인, 이렇게 오랜 인내와 노력을 통해 이제는 8권의 시집을 내는 중견 시인으로서의 활동을 계속하고 있는, 임영희 시인에게는 어려운 시절을 견뎌온 고뇌와 슬픔, 여든 해를 더 지나 보내며 살아온 삶에 대한 사색이 느껴집니다.

자연의 경이로움과 인간에 대한 애정을 담백하게 노래하는 임영희 시인의 목소리가, 누구나 마음 한구석에 품고 있을 순수한 자연의 감성을 일깨우기를 바라며 건강다복 만사대길한 기운찬 행복에너지 충전 받아 90세 이전에 소녀적 꿈인 소설가로 등단하기를 기원 드리며 선한 영향력과 함께 힘찬 행복에너지가 독자들에게 전파되기를 축원합니다.

행복을 부르는 주문

– 권선복

이 땅에 내가 태어난 것도
당신을 만나게 된 것도
참으로 귀한 인연입니다

우리의 삶 모든 것은
마법보다 신기합니다
주문을 외워보세요

나는 행복하다고
정말로 행복하다고
스스로에게 마법을 걸어보세요

정말로 행복해질것입니다
아름다운 우리 인생에
행복에너지 전파하는 삶 만들어나가요

더 밝은 내일